归 羽

GUI YU

许 俊◎著

时代出版传媒股份有限公司
安徽文艺出版社

图书在版编目（CIP）数据

归羽/许俊著. —合肥：安徽文艺出版社，2023.8
ISBN 978-7-5396-7809-2

Ⅰ．①归… Ⅱ．①许… Ⅲ．①诗集－中国－当代 Ⅳ．①I227

中国国家版本馆CIP数据核字(2023)第125800号

出 版 人：姚 巍
责任编辑：柯 谐　　　　　　装帧设计：徐 睿

出版发行：安徽文艺出版社　　www.awpub.com
地　　址：合肥市翡翠路1118号　邮政编码：230071
营 销 部：(0551)63533889
印　　制：合肥创新印务有限公司　(0551)64456946

开本：880×1230　1/32　印张：5.75　字数：120千字
版次：2023年8月第1版
印次：2023年8月第1次印刷
定价：26.00元

（如发现印装质量问题，影响阅读，请与出版社联系调换）

版权所有，侵权必究

序　言

1

现在我赞同你在诗中所言,"河水本质是忧郁的"。特别是本该雨水丰泽的季节,怎奈河道断流,石头裸露,一句真言脱颖而出,仿佛一次教诲让语言擦亮内心的闪电。

你在文字中苦苦经营的大河,当然是虚构的。

它写的是作者自我面壁的道场。它为语言和人心运送良知且勤于探索生命的真相。它存在于科学无法定位的那个地方。是的,在科学无法定位的那个地方,它白纸黑字又波光粼粼,月光与星子几乎把它烫伤了。这条大河生产梦境,也令梦境破碎;生产矛盾,也在矛盾中自我开解和疗愈。它有人的呼吸与吐纳,也有人的寸关尺与精气神。

众所周知,命运是一个大词。煮沸大河的落日可以囊括其中,动静枯荣的草木可以囊括其中。你在文字中苦苦经营的大河,它像土地一样生产孤独因而拥有孤独。它的神来之笔有山峦倒影,有白鹤孤鸣。它一生都在反对命名,却一生都要背负被命名的命运。

它激越过,浩荡过,现在它接受了平缓和清澈,像我们致力学习的,平静地叙述。

它永远不走回头路。

它是有豁口和触角的,给州省人家以觉醒的力量。它流经的版图约等于耳鼻口舌心意。恒河沙恒河水,也无法将之灌满与填充。

它的邻居是灯火。它的籍贯是情感。以水论道,大河是辩证的哲人。

是谁说过,迷路的时候,可以顺着河边走,河水会带你回家。

2

你把大河写过了,接着又写灯火。这灯火,让寒冷彻骨的大河自此有了暖意,也让寒热往来的人间有了悔意与惆怅。

在语言的大河独自撑船,是一粒灯火。语言朴素如白头,是另一粒灯火。

所以啊,我们还有很长很长的一段路要走。走累了,就去河边照一照自己。渴了,就像牲口一样低头饮水,亲近生命的本原。

作为基层医务工作者,我认识的万家灯火从来真实不虚,它们务实且小心翼翼呵护各自的窗口。尤其在新冠疫情之后,这灯火,让我感动得想哭。

这灯火,在暮色四合的夜晚可以照彻安徽省,也可以点醒方言里的归人,母语里的过客。所以我们常常杀酒于小县城,我们说酒是粮食精,暖胃又暖心。所以我赞同你的说法:灯火及物。

灯火以己为饵。灯火陷于留白。灯火叙事。

灯火酿酒,我们甘为盛酒的容器。这容器空旷而又辛苦,审美几乎被它用旧了。所以我们说比喻是没有办法的事。没有办法也是办法之一种,你经历过,你就明白如何突围,如何建设并呵护它,当然,我说的是语言。

3

在雪的即景中写湖,在湖的意境里观雪。

雪是湖的火焰,湖是雪的破绽与叹息。这样说,我们皆是悲观的。

时代至此,物是人非,科学还在谈论智能和量子。

好在梨树还是老样子,闪电还那样干净,药还那样苦。

雪是我们虚构的真身。它有六边形的锋刃。

我们说湖水自古就是一张吃人的大嘴。我们是悲观的。

生死皆是抄袭,那么我们写作与活着的意义在哪?抑或我们对意义的探寻已久,才忽略了审美本身也需要腔调与态度。

一棵梨树在湖雪的氛围里成为梨树而不是榆树或槐树,这梨树即是我们写作上的孤本。所谓诗言志,我们的任务不是描摹,而是再造一个季节、一个湖。让岛屿成为词语的偏旁,让雪成为妙有和言不尽。

不得不承认,我们在失落处写诗。约等于湖水告诉我的,我却不能向你转译。

4

你把大河、灯火、湖水与大雪写过了,你接着写村居。这是你的理想国。

作为城乡接合部的故乡,大概都已拆迁了。回不去并不代表不可得。语言的再造功能,替我们保留那里的砖瓦榫卯。

炊烟并没有死去,它永远是故乡上空的神来之笔。

芦苇的一生与我们多么相似。苜蓿和紫云英多么平凡,却成就了《诗经》里的不朽。

乡愁是一个旧词,那里的空气和水是新鲜的。

粮食和风物皆有药性,可明目,可疏风,可解郁。

桥梁是一种旁白,河流是一种标注,麦田与稻花是一种图腾。母亲约等于宗教。

在审美里下雪,落在现实的废墟里,也落在精神的瓦片上。

你的语言多好啊:"霜在你的头上漂泊,白在你的两鬓落户。"

"那么多星星,都有倒刺。"仅这一句,就值得我饮尽碗中烧酒,然后推门而出,去院子里仰望星空。

此时蛙声迭起,有汉语里贴心贴肺的善意。

5

记得你第一次来我居住的小乡村,是骑行。当你出现在我家门前时,大雨初歇,头顶灰云黑云转而白云。古人说,贵人出门多逢雨。古人说得对。

去年夏天,你和巨飞一道来杨店看望我重病的老母亲。老人家当时已不能言语,不认识家人和亲朋。炎炎夏日,你们没喝一口水就匆匆告辞。我欠你们一顿饭,我一直记着。

其实我多想你们能留下,陪我喝顿酒,喝到尽兴处,扶着墙根大哭一场,因为我要成为孤儿和守灵人了。

这次你把即将出版的诗集打印成册,嘱我写几句。以上就是我要说的。

或许还可以再多说一句:往死里写能活,往死里活能生。以此共勉。

是为序。

宇　轩
写于2023.3.15

目　录

序言 / 001

长河篇

长河 / 003

秋天是一条河 / 005

逢人说河 / 007

冬夜杂诗 / 008

河边平阳，我看见虎落 / 010

散步偶遇 / 011

冬夜读书自愈 / 012

在店埠河与南淝河交汇处 / 013

小河还没来得及取名字，我们已经辞乡 / 014

陪母亲河边散步 / 015

黑池坝有问 / 016

雪落巢湖 / 017

施口灯塔 / 018

岛瘦 / 019

夜长多思 / 020

河流与灯火之间,我们不可说 / 021

夜归,小河尽头有童年的灯火 / 022

阿基米德原理 / 023

窗含西岭 / 024

得到并非想要 / 025

泉眼无声 / 026

日之夕矣 / 028

碑石,碑文 / 029

我承认 / 030

水为谁而断 / 031

元瞳 / 032

众兴 / 033

民族乡 / 034

店埠 / 035

撮镇 / 036

施水考 / 037

以河许之 / 041

淝河之阳 / 042

灯火篇

灯火还是鱼群 / 045

鸡蛋、灯火与灌饼 / 047

八楼夜眺 / 048

赤阑桥畔问灯 / 049

养雪柳以伴灯火 / 050

灯火星球 / 051

涟漪里的落石与灯火 / 052

覆盆子红了 / 053

玉米地 / 054

还算饱满的 / 055

六分半书 / 056

回答 / 057

灯火部落 / 058

菜花先于灯火 / 059

种豆灯火下 / 060

篱菊 / 061

读《周礼》记 / 062

竹林七贤之嵇康 / 063

读屈子 / 064

白果之谜 / 065

灯火下,最容易想起母亲 / 066

以一滴酒进入河流 / 067

完美意义上的灯火并不存在 / 068

五柳先生说 / 069

灯火与河流共勉 / 070

路灯,另一种表达 / 071

《十面埋伏》里听夜 / 072

坐而论道 / 073

五月,除了河流,田野饱满 / 074

海滩别 / 075

夜读再遇灯火 / 076

灯火下读海子 / 077

如鱼饮水 / 078

文字里遇灯火 / 080

落日穿过伞状的黄昏 / 081

归途 / 082

湖雪篇

姥山岛 / 085

仰止亭 / 087

遇白石道人 / 088

唯有雪 / 089

皆为破绽 / 090

安静与思考 / 091

爱屋及乌 / 092

梨树、雪和我 / 093

雪地里 / 094

峨眉山的雪 / 095

下雪啦 / 096

临湖述秋 / 098

静夜思 / 099

村居篇

春天会来到糖果村 / 103

村边合 / 105

那亩稻田 / 107

夕阳送 / 109

秋行圃 / 111

篱落疏 / 113

野亭老 / 114

瓦屋村志 / 115

月光烈 / 116

入口 / 117

便得一山 / 118

问津 / 119

百合的反义 / 120

反幻方 / 121

辟谷／122

成群状物／123

蝉蜕与瓷／124

旧渍如悔／125

樗木列传／126

花生演义／127

桔槔原理／128

为石头记／129

不辞而别／130

钓／131

九月初十／132

重阳／133

草／134

我们篇

洗澡时想起弟弟／137

致宇轩／138

预言兼致巨飞／139

读《在这里故乡，在这里世界》感／141

再读／142

读《短句》／143

再读《短句》／144

路过 / 145

天桥遇雨兼致超君 / 147

关于光芒兼献何先生 / 149

与己书 / 151

比邻 / 152

相遇 / 153

破惑 / 154

识认 / 156

释怀 / 158

三岔口等雨 / 160

写怀 / 161

大音希声 / 163

刻舟求剑 / 165

后记 / 166

长河篇

长　河

河如果碎了,眼睛也会碎的,时间也会
河、眼睛、时间,相互保密
如语言中颗粒的自我批判
从河流中取出影子,需要合适的饵、钩、子线、水温等
要是取某一个影子,只能等河水干涸
如从语言中寻找细枝末节
月光不是时间做的,河流才是
时间不是水做的,叹息才是
北风不是叹息做的,语言才是
花瓶里的那一束麦子在大雪中闪光
河水扎紧她们的腰身,但必须忘记河水的清亮
稻草人用表情把天空推远
语言之锥弄疼河流之时,我错过倾听
忘了提醒刀下可以留人,麦子明白
稻草人的尊严不宜插进花瓶
不管人间有没有期限
麦秸将河水还给河流

稻草人将呐喊还给河流
隐喻将语言还给河流
我终将苦海还给河流

秋天是一条河

秋天是一条河
月亮是最爱美的那条鱼
当它从云朵里出门的时候
一定先用池塘的镜子
整理好发型

秋天是一条河
霞光是最好看的一座桥
从桥这头到另一头
铺着我们最绚丽的梦
梦的下面
浪花捧出果实

如果你想喝河水的饮料
就要等暮晚送来果汁机
没关系，一小口而已
冬天不会缺少一粒雪

春天依然会破壳而出

鱼儿畅游,彩桥安静
河水里的童年那么清晰

逢 人 说 河

河流在时光之漏中肃静,从善如流
若不计损耗,爬出去的只有轰响
拟用逢人说项的雪花行卷
山川七律,盐铁五绝
河流,你身处世外
以方言阅读温卷,如放牧诸物
边关呢?身负藤条的溪流寒窗十年
只有明月不拘一格

冬 夜 杂 诗

河的背面是什么

或许示人的就是

正面也是需要修补的谎言

越是密集,如雪,如文

孤独越是清醒

河流屏住呼吸,只有两岸对坐,一心问禅

河水埋伏于枯草,看人烟稀少

光阴似雪,并没有示意

大面积铺陈后来不及结尾

雪夜是一头白虎

慈悲很慢,浪花点燃心里的灯盏,相互寒暄

草叶上晃动的露珠鸣叫,农历的时间细致些

河流这位大儒,不可怠慢

瀑布止于至善,河流亲民

大雪是纷扬的旁白

多么极致,多么美

仰望一条河流与天空对仗
我体内的悲喜如星云,不知韵脚,不识沈宋

河边平阳，我看见虎落

河流满目山峦，湖却只念空远
一榜尽赐的大雪里，我游牧至此
冬天，河流像快失明的蜡烛，内敛多疑
世界如此空旷，年轮在涟漪之骨上回响
如果河流是王者，我愿侍读
读懂一只虎的生平，不亚于在心中养虎
在喉里聚集惊雷
心中猛虎冲破肋骨，替一条河看望众生
回答她背影里青苔的诘问
任何咒语遇河即塌，这不关语言的事
如雨落河面，只是天上人间些许微调
大雪淹没了河流，像心底消失的名字
什么时间会钻出什么，陌生且不安
只见来处，不知归途

散 步 偶 遇

迷路的大雪下得谨慎起来
河摸出城外
小心翼翼的白雪之下,都是静物
像嘴巴里松动的牙,所有的白雪皆可飞翔
与这条河相识,像阳光引荐影子
有时是知己重逢,有时只是光影游戏
河流从月光中听见尘世,因为长寿而接受仰望
像树上的巢,"更多时候都只是世间的道具"
包括我们
河流所经之地,长满孤独和信仰
孤独用来收割,信仰用来磨刀
两岸被驯化,液体野性之蹄上飞翔着火焰
路灯躲进孤独的瞳孔里

冬夜读书自愈

河流的骨髓燃烧,火焰沉默
这是肉身卧佛心中诵读的经文
麦地熄灭,除了连根拔起的炊烟
泥土上的事物都是茫茫一片
在河边,容易雪盲
自己与身边的草木都流动着,不见城市
我不知道是因为雪盲而只见流水
还是因为流水而雪盲
在河边,单弦、双簧,以及月鼓
都试图救起受难的浪花
总是习惯从左手边唤水,右手书写抽象的双桨
幸好不曾失重
与这条河仅止步于握手,精神层面的深刻
是近乎颓废的自嘲

在店埠河与南淝河交汇处

一条河在一个人身体里抽芽
像事先埋进的谎言
所有重叠的部分都可以理解为爱情
一条河与另一条交汇
一只手满握皱纹
河流的弯曲不同于语言的倾斜
我试图用笔纠正
河流说
时间的马背生来陡峭,汉字骨骼亦如此
我身体里流淌着动物纤维和力学系统
河水里流淌着纯棉的云朵和无尽的雨露
只有雨中被浪花模仿的白鹭驾驭过河流
南城,草木曾收留一记镂空的羽毛
总有一些事物让你低下头去——河流
在她的身体里早已看过诸物安静下来的样子

小河还没来得及取名字,我们已经辞乡

一条河看穿了人间,唯有草木让其心疼
作为回应,仅仅提供了无边的荒凉
我借来河水的翅膀,押韵的星光
山河绕道,乡愁仍似野菜再次长满田埂
时光如鲫,鱼钩上虚构了谷物和药草,读不透鱼唇
雪花衣锦还乡,无邪的白,与河边的白马等待鞭响
所有命名都是悲悯
河水本质是忧郁的
草原在前,山川在后,之间是乡村
与村庄神似
只有这条河承载我心中所有的浩荡

陪母亲河边散步

河面纳满针脚,轻轻地亮着
暗沉压低灯火的腰身
霜盐里影子单薄,瘦如针砭
驼背的顶针抱紧峰内的安详
挤出丝帛的莹白
灯火与麦穗模仿母亲
河流、大地,每一棵庄稼都值得尊敬
岸边木船里漏下光阴,稗谷生出
习惯和它们一起在骨头里奉养蚕丛
在河边或者田野散步,能收住心中的惊马

黑池坝有问

旧光阴如瓷土,在河流里煅烧为马
火焰抽响草径,金属质地的落日套牢光阴
从众,是诸物的反抗
我不懂马术,只是匠人
为黑池坝作记的宿儒,挽救灯火及词汇
我要重新爱上世间诸物
河流体内的矿藏如麦浪
两千石以下的名词仅适合牵马
破于秋风的哲学联系属于茅屋与草木
将须根从草木中抽离
因为从未见过生活面貌的浪花,并不懂得
沧浪之水没有带不走的往事,河流如警句
一尊佛的青釉之身,有河水善意之重

雪 落 巢 湖

拆封河流辞呈之际因为湖松开了一场大雪
镂空的城市小于雪花的饱满
反向时间之壤，一条河的松软与多舛
只剩水里臣服的月亮亮度适中
与岸共枕，任时光由青变黄
喂她野花，河流与一条小路互为宠物
看见词语散落的海子闪烁
与河水之交淡如雪
无我的大河是谁的真身

施口灯塔

灯火无声,呈耳郭之形
雪刃而不倒,孤独才值得称道
水流郁郁葱葱,听得见原色折射
岸静若弦,涌动的都在身后,陡峭不可攀
每一声细节的鸟鸣落入河面,那是卸下过往
耳力不才,越是简单朴素
回声越白,如句中旧词
太长了,就把影子翻过来,画上鼻子,眼睛
告诉耳朵,两岸在远处偎依
将不舍与离别轻轻射进鸟巢
听得见盐和疼痛,灯火人间
河流把麦苗、村庄驮上脊背
忘我地奔跑

岛　　瘦

虽直立行走,湖泊却在灯火中逐渐成形
我满身鳞片,但没有称职的鳃
岛屿原始、真诚,每一次生长的折射入耳
烟火如浪,在石缝里吐苗
进化论下,浪花又似刺客
锋利的喙啄开陀螺两侧腥线,鞭响痉挛
与时间对弈,先行者徒手剥鳞
坐隐灯下,不必在意目数
手掌经纬撑开命运的山脉、河流
渡口无舟,容得下星辰
神性都是易燃之物

夜 长 多 思

河流有虚构的触角
灯火被赶走之前,鱼鳞一样敏感
白,是悬于头顶的祭品,巧言似簧
河睡着时,也会收起鳍棘,鼾声如浪
不在人间,便不担心夜长
河流能说明什么,碑文喑哑
除了草木徒劳的修改,河流瘦成炊烟
除了河流,人间的空地都需要松土,包括悔恨
当光合作用被季节曲解
河流只剩语言的卵铺呈河床
出一则告示即可安民
无须一场大雪

河流与灯火之间,我们不可说

河流被灯火填充
生命在放逐中切近真相
你隐藏了什么
火焰没有错过你内心每一方沉溺的文字
夜可以不提,因为影子可以占领片刻空白
时间里偶遇都是饱满的,未尽事宜由火焰弥补
游动不仅是河流的镜像
灯火吻过她的缺口
芦苇抚过她的吉凶,本体或许是模糊的
因为我们都还不够清晰
文字有不易察觉的缝隙
昨天是完好的,今天亦如是
明天镜面里灯火隐逸的世界
除了河流都是完好的
文字自带光芒,灯火失守于野生的信徒
无论镜中还是镜外,必将与读者相遇
匍匐前行的你我,看得见来世,碰不到自己

夜归,小河尽头有童年的灯火

没有一朵浪花从河流突围
像羽毛习惯了天空的无常
濒临河水
两岸草木与姓氏都是相同宿命的动词
姓氏的疼痛被风干,河流成为歌者
石刻聚集了风声
草木代替我们继续奔走
瓷笛布满冰裂纹
人间的漏洞,吹奏晚风
所有的叙述交给河流吧
悲悯藏进灯火
每一片光亮里都有一粒花朵
河水喂养蓝,灯火看管麦田

阿基米德原理

不用考虑流水的立场问题
石头在封侯之前
河曾独自抵抗时光
一声叹息四面漏风
两岸孤独如唇
当水面瘦成山谷
石头也想游动
当河水回答不了人世间所有叩问
倾听往往也被遮蔽
给我一座山峰，是否能挪动眼前的辽阔
若从哲学角度，河流不设邻居，孤塔般
思维是逆行的，精神是包容的
物质存在与否，无关紧要
同时，河流是安插在人间的卧底
偶尔听见枪声，还有暴露的回音
河流煮透后，新醅从故意留缺的豁口
斟满人间

窗含西岭

时光走马,于镜中看见白雪
有缘路过的雀鸟知道
河流里浪花被阅读惊醒,有人翻动渡口
只有河水一生沉静,弯曲遒劲地思考
在心中幽闭成虎,却以星辰示人
河流与湖,一种孤独攀登另一种
孤独为孤独敞开跸道
孤独的肌肉壮如想象
熄灭一切喧闹,筑桥
抱柱之信的草木听懂黑话
风雪前,歪脖子树满是不安的音符

得到并非想要

对于河流来说,灯火是鱼群中的一条
对于灯火来说,河流是夜晚最大的洞穴
我能目睹的只有影子和缚鸡之力
换取一粒正直的鳞片和三宝绳结
"鱼网之设,鸿则离之"
真正需要赎回的是沉默,时间从不开口
渔夫喜欢猎取明亮之物,闪电乐于抒情
乌云即为献词,岛屿是收取不了的网吗
结网者可能是一滴水
它深谙世道
团结、相爱并群居,等时间先后摘走

泉 眼 无 声

灯火、鸟巢……皆为泉眼
是谁伤害过语言潜在的河流
用这遍地无声的哀叹来了断
河边,我们不辨清浊
"情动于中而形于言,言之不足故嗟叹之"
井沿处,黄雀没有永久的翅膀
就连月亮也看不清谁是谁的影子
灯火藏有燃烧的河流
河流是暂灭的灯火
经文描述克制的江山
江山是从容的经文
且看美人如寺
无论烽火,还是金屋
听到木鱼汩汩了吗
钟声亦为泉眼,涌出痉挛的霜白
河水接纳了他们
最终还是要说到自己

越来越在意静止的事物它们确有呼吸
如原谅和赐予

日 之 夕 矣

河流固有腥味,若描述菩提泥塑之身
最好不过鳞片,你应该相信
每一条鱼都是浮沉自如、层次分明的谎言
灯火一盏盏塌陷的夜晚,河水接受光影聚散
不用刻意提到夏至,喝一碗酸梅汤吧
这将信将疑的预报
多数时候,灯火会使河流慢下来
我们无法自持,悔恨淤塞、回旋
并不一定非要寻找到什么,就像落日下
粼粼水面的既定规则被浪漫主义打破
日之夕矣,河流一个人唱歌
草木废弃的喉咙,河流用于哭泣
灯火用于呜咽

碑石,碑文

河流身无长物,灯火结荚
蒲公英,长辫子和报应都来过
倦意在归途上奔跑
作为朋友,灯火澎湃时,河流不夺其声
都是孤单的人,但没有离开自己的位置
吾乡,寂寞深处羞涩的河流里住着痴情的灯火
如石,月亮红艳的侧脸在麦地念想的褶缝中
无声而灿烂地流动
河流要穿越的只有自己,同样通过时光一样忠贞的眼神
支流,村庄,灯火,甚至你我,空如告白
灯火是河流的碑石,河流是灯火的碑文

我 承 认

我承认,一条河里,只有凡俗的部分我听得见
灯火又岂肯吐露波纹,那些不可听的
如嗡嗡作响的真理,持续存在
麦田喊不出我的名字,布谷回到鸟鸣里
夏至盛开的风暴,打开体内的水分,火焰以及飞翔
终将栖于河畔,像一盏灯火理解飞鸟身后的崇山
不是孤迥负了灯火的风信,河水迟迟不来
却用匆忙遇见我的自生自灭
披上灯火就是一片河泽
我一半埋进地里,一半立于人间
飞翔是相对的
在时光如水的流逝中,翅膀说不出
灯火内是流水,还是天空

水为谁而断

一束灯火误入空林,抽出一截河水
只了断雪的影子,浪花谢后,世事挂果如石
我摸不到白色
就像摸不到石头里疼痛喂养的裂痕
河水与灯火相互搀扶,内心火苗刀锋般醒目
逃出去的部分是朴素的
羊群除外,月光哺育的都是对手
灯火从不回头,那是对生活失敬
幸好静止的蓝可以预见
喑哑的白多是智者,它不歌颂河水
它是它自己的偏僻和错误
雪与灯火虽众,却都似河流孑然自足

元　　瞳

一条河始于想象
"清水之镇"从北面徐来
推开元瞳娓娓千年的工业之名
农业婉转,历史缤纷,是河踏出了坚定的南向风云
骏马,在一条河的筋骨里呼吸
像鼓槌征服一面鼓的灵魂
此刻,棚布里,蔬菜中袖珍的天空是神秘的
星空下,厂房里轰鸣的机器是幸福的
河流更像是火焰,接过了群星的奔跑

众　兴

河流献给这里一片辽阔的月光
水库从不必言说的物产开始
一个村庄或者一所学校
花灯从时光深处走来
谁请来这些月亮一样富饶的水生生物
一尾清鳍，一对蟹螯
披上带有韵律的星辉
多少同乡在这深刻的美里，雕琢梦想的刻度
人们沿着岸，见证百转千回的炽热
请了——店埠河

民　族　乡

从籍贯出发，必须承认水是情感的一部分
如果说提纯河流的杭椒是辣的
那么，我心中的青山，眼前的红日
诸味皆有火花
城关越来越近
看着一个村，新生，进入另一个
乘船南下的不仅是朝霞，还有壮阔的杭椒市场
喜欢在岸边久坐，似一颗杭椒
根的绵延，储备了多少血汗与奔跑
鼎沸的绿，是辛酸的臣服

店　　埠

历史留下更多的河流,车辙一样深邃
店埠河宽过蛙声
宽过菜黄,宽过一声吆喝
城市丰收如同商贾逆水而行的舟楫
沿河公园里鸟鸣深处,总会跟着乡村偈语
你坐在春天的封面上
用燕子剪出一弯流水的表情
剪出一座城市的浓度
剪出新月和朝阳

撮　镇

鼓杵穿城,店埠河征服两千多平方公里
撮街与巢湖桴鼓相应
我识得汩汩的心跳
鼓亭下,项橐拆城,夫子受让
地多一撮,书重百城
击兽皮而歌《论语》,草木知节
热情的弧度由来已久,湖水即献词
听吧,一鼓作气,裕溪河洄游为灵
鳔处,撮街架鼓,补肾散瘀
每一粒雨水和浪花鼓腮而来
皆虚左以待

施 水 考

一

灯火栖于东岸,眼里有深渊的入口
孤巢踟蹰,是月影纠结于外
听见冬河三声静鞭的云与雀鸟
彼此早已相忘,城因水而坏
赤阑桥曾救起跛行的河水
骨伤渐渐愈合
以文明的速度,如故人之相
远处也有面目模糊的旧鸟
以哀鸣传播河流的远征
每一粒灯火虽是药,完成不了露水对白云的期许
唯有登临,衔云筑湖般朝圣

二

河流从雪花中恢复直立行走
为了独处,而极力掩盖内心的呼救

爱不是解剖,当历史的侧影碎成细节
所有浪花都失去张力
看吧,虚云遗落的南山只剩竹林
藕呢？皱纹既是呼吸,也是身体的囚笼
努力寻找河流的双眼,枯鱼告诉我
硬币的正反两面都会哭泣

三

湖水钟情于舔舐一条河流的满足
触齿即化,她不知道
孤独的密度与清浊无关
岸边众人习惯谈及,却不在意失去
人影枯萎如两岸的规则
面对河流的分裂,城市离内心暗许的辽阔还远
只有灯火善于思考,即便岸谷有变
我弱弱地呼吸,看多了挣扎,害怕落差
智慧如月,不视,不持,不释

四

河岸让位于清淡的火焰
自蔽的辕门外,画戟有燃烧的眼睛
灯下,我如孤岛,正被吴歌所围
先知中的玉帛是月亮的智慧,缓缓漾开
星系常常被观者误解

风吹向石榴树上的瓷瓶
这浑圆的寂静,像被掘开的遗址

五

有弧度默读是对一座山的尊敬
对面南淝河与城市咬合
齿轮寂静,匀我两束
立场和方向在荣枯之间
铁是专制的,狭窄的
面对这条河,不曾许过什么
身负有山,不能卸下
直至认为自己就是一块山石
我不仅是对面河水体内的挣扎
也是背后大山嗓子里的呐喊

六

郦道元为"城市客厅"专述
姜夔也曾在赤阑桥边吟咏秋宵
鸡鸣山融月光而下
至眼波横处,整座巢湖盛满星空
水是大家闺秀,那暗香,那气息,那步态
那叶脉错落,那兀自端庄的石刻
揭开翠绿的自信之歌
符号一样的壁画皆出自玉手

逍遥津不失鱼雁,包公园笑怯花颜
折一枝即可成芳,不必一顾再顾
放射状的笔力,冲击出八万顷湖面
大湖是土地的日珥,河流是两岸的神祇
科技的星辰、制造的山林和人才的湖泊
召唤着,召唤着,每个人心中蔷薇旁敏锐的虎须
一只为爱而醒的虎,愿意为水而生

七

语言的支流是镜像,存储时间副本
丢失了什么?河流似乎又不曾有过什么
像语言本身
我数次表白这条河流,每次都有所不同
语言的记忆,带走身体里一些过去的东西
留下更久远的
炊烟从村庄抽出,如从我身体里拔出这条河
风忘记萧萧,锋刃有时也为自己解渴
河边的麦子如佛,逐群请回了村
河流是留给村庄的象形文字
黑夜里,物质反哺精神
一千人倾听河流,有一千种乡音
每颗牙齿都是松动的草木

以 河 许 之

出岫之水如驽马
废墟在内心搓成缰绳
自由需要重建,水质的静
像许小河上空各种角度的空谈
岸边租售的多边形灯光里有藏不住的刺
在尾椎安家吧,因为迷雾和遗憾一样僵硬
想象穿透不了清晰与返祖
影子只是工具,是说不出来的肋骨

淝河之阳

公园里喘息,以思考冷却枇杷的无言
我与他们的距离已接不住落日
对七十公里南淝河,行太牢之礼
我曾常驻河畔,深知河流的记忆
恰是隐匿自身其他欲望的塌陷
仰望白马,枯荣始终是两岸
平静的表达

灯火篇

灯火还是鱼群

从河流里刨出两条烫手的鲫鱼
鳞片熄灭,是生活最无奈的过程
寄生在河流体内的火折子不愿长大
语言朴素如白头
只留一句给翠鸟——记得飞回
影子并不敢投喂河水
若成为河流的一部分
就要继续牺牲一条鱼
烧掉内心少量的无情,河变成炭
鱼骨是疼痛的偏旁
大隐于市的河流,夜不闭户
灯火,归鸟,星辰,天空,钥匙放入芽孢
门在我的眼睛里打开
河流在自己的镜中
鱼翅融化为晕
折叠创造与消弭都不着痕迹的河水

空旷得像一面镜子拜谒另一面
只有影子与空不曾说谎

鸡蛋、灯火与灌饼

灯火止咳，润肺
做鸡蛋饼的女人将生菜叶上的心事洗净
每个鸡蛋的碎裂都是崭新的
像踏入河流无数次的灯火
身边兀自暗涌的静物，被黑夜卷起
折出漠漠众生内部的脆
诸多寒士分别以果实、卵、茎、叶大隐于市
看着他们，味觉有无法触及的忧伤
灯火里，手推车的影子拥抱所有欢喜
我认领了灯火其中的一次跳动

八楼夜眺

为河流守节的，只有灯火
认一条鱼为今生来世
体内的鳔挽救每一个夜晚
对河流的浅层阅读，误解了雪花
语言韧带处，灯火无法直立
黑夜兼并土地
旋涡是河水的隐忍，如语言南辕北辙
都与灯火相通，抱出内心的柴，提醒路人
光阴如飞鸟，无声无痕
河流可以是风，穿过悔恨
羽毛落于河面
湍急的鱼群会止住流水
于八楼夜眺，河流更像是直立行走的大树
黑暗里，所有事物都在奔走，除了灯火

赤阑桥畔问灯

语言的钙质并不在于流速，如河
有时候河流只是影子
在洄湾处吸纳语言的磷火
用以暴露流向而隐瞒秘密
上阕憨直，下阕婉转
语言以稗史的方式描述河流
道路与其交汇，雀替如藓
木质结构思想的雪花记起一段夜路
六佾公侯徒有虚名，车无华盖，马无辔
桥如盘扣，时间是唯一的铠甲
庶民岂曰无衣
河流呢喃，潺湲，洒脱……
这是醒语之速，
也是一匹瓷马煅烧的过程

养雪柳以伴灯火

无数条溪响像谜语穿过雪柳的枯枝
开出白色的谜底
对于河,风雨只是穿戴
于我,是剥蚀
岸边灯火,像一串发呆的符号
白发苍苍,明哲保身
灯火木讷,挽留一群鱼雁,细细读出盐
一座桥就是城市的肋骨,密集的鱼群外
我们都以石头为喻,星空为托
桥放生一条河流,如语言害怕对经文的辜负
河流内部一直在积蓄某个事件
只有灯火居安思危,在黑夜里平静地劝说诸物
河流以卵石小心翼翼地保存诸物对其的赞美
两岸继续荒谬

灯 火 星 球

自然法则里
一根佝偻的火柴始终要以磷的苏醒昭示万物有序
灯火下，谁是猎人
谁又是猎物
夜瞄准每一位归者
嘘——磷面后，我们躲在盒子里
矩形的鼾声保持谨慎
从褶皱里抽出这盏灯火，先于诸物点燃
橙黄是群落中柔软的思想
单峰驼自足的星球，磷自有其动物属性
嗜盐，谙通人性
灯火醒着，万物睡去

涟漪里的落石与灯火

语言是一把汤匙
涟漪挥之不去的梦境被转载
像私放一枚落叶,嫁祸于灯火
涟漪卵形的脆响里,落叶选择
形而上的浪漫主义,野渡无舟
每一盏灯火都是养不大的雏鸟
重逢和分别在破壳前后
涟漪之前是花开
花开之前是星落
星落之前是重逢
重逢,才能爱上足够的星空
涟漪是抽象的石头
她不喝水,不撒娇
身体沉入时光
气质轮廓形象地活在汤匙里

覆盆子红了

野果有不可摘取的卑怯
聆听一枚灯火的呼吸,像发现覆盆子
惊心动魄的红,露珠一样附卧草尖
果肉里积攒的是光明还是黑暗
鞭子还是湖水
时间通彻,颤动的嫩飘散于自言自语
灯火活在肺部,这些站立的湖水融化所有嘶鸣
影子有铃,不含翅膀
灯火合十,火焰如经文
一切溺于红色,呼救点燃肋骨
燃烧着的皆是孤独

玉 米 地

每一根火把上停驻一只飞鸟
剥开语言之核,一声不响
涟漪发芽,是对黑暗的追问
写意或者抒情,语言一动不动
黄昏在灯火里灌浆,苞谷不知语言的方向
蜜源前,我们是蜂蝶
尾针是秘而不宣的谶语
篝火如烈马,止步于河流的一声长叹
还是被心中山峦所镇
驯化之后,岸边问号整齐,已不见鬃毛
灯火逐水而群居
众生自渡

还算饱满的

喜欢沿着河岸夜跑
立着与躺着的灯火
似乎又没有什么不同
就像唯一皎洁的纽扣
让我不忍解开
总被时间和雨水的突兀驱赶的
还有小草

一粒灯火，一条河流
倒影微笑，鱼月从容
我只等着，看花丛在人间
凋谢

六分半书

一只羊守护一片草原
灯火岸然如椽,目之所及
羊毫即众生,草场从未松懈
楷隶行草,迁徙的月亮同四季一起钩入河流
我尚未白首,心底里写满六分半的石头
每盏灯火都曾尝试表达的亮度
要从一盏灯火中读出唐风
得打开火焰里行路之难
纸墨的心境不同于金石
灯火之寿接近悲悯

回　　答

回答一朵浪花
灯火的语言和鱼儿一样跳跃
又如鱼群对石块视而不见
灯火有核,像语言的鳔,明灭沉浮
时间纯美,河岸很多故事没有结尾
灯火中有翅膀辜负,岛屿后有尾鳍陨落
一颗灯火,如巢中飞鸟庄严迁徙
钟情于你想象的褶皱,那是火把的微笑
河流里淬火已旧,万米长夜
却新如谅解

灯 火 部 落

鲸落前，飞蛾并不理解
灯火漂泊中骨骼渗出的风浪
凝视这海底焰火，在底部缄默
至少有一半的山峦宽容
深不可测的不仅仅是悔过
还有故人如礁，不知如何描述这凝视的不朽
发光的不是肋骨，是骨与骨之间的裂隙
正好容得下众多事物无以言状
蓝色谵语下，软体的影子听懂若木低吟

菜花先于灯火

夜晚向人间捧出和解
灯火天真温和,融化离散
菜花疏落,只身入镜
蝴蝶陈述时光对折后连绵的峰峦
论及生平,灯火奔赴山海
三月满足所有关于远方色彩的骋想
灯火里有翅膀奔跑,蝴蝶向着花瓣燃烧
为了确信你们来过,念醒咒语
灯火与菜花如金的沉默前
蝴蝶握有水火,内心洁白的露水花期如雪

种豆灯火下

马骨深埋之墒,豆花已鸣
这一亩薄田,足以铺匀粗瓷碗口
灯火下积郁肥沃,贸然生长的雪里
除了红尘都是蒲公英
光合作用在声带处抽象且无二
正在发酵的酒曲喜光
耕种有漫长的秩序
澡雪之夜,作物短暂,泥土疲惫
只有个体自由的树桩,等着麂兔
接近粮食,我却无法用一物将自己替换出来

篱　菊

灯火耐阴,属菊科
翻找菊花体内隐藏的河流
无异于打开灯火生根的姓氏,等亲人认领
苦薏耐寒,药用价值潜伏于族群
何人栽种灯火
戕耗稍逊于光阴
我借菊花的眼睛看清采赠倒影的露珠
冥想一瓣瓣亮起,我更需要的其实是忘记
冷香如雪,药唯有黑白
读懂一味药的悲悯,像领悟灯火中群山巍峨

读《周礼》记

无须表达的事物不会有褶皱
比如灯火
一支支黑色翅膀与睫毛像谶言的翎羽
镞矢岸然，修辞虚而为盈
拾起湖面上惊弓的小鸟
等幸存者开口
我听灯火中偏差的回响
是否有庶民赖以生存的秕谷堆
灯火上晾挂的烽烟，以及五石散逐渐稀薄
箭镞仍吐出黑，灯火闪耀
文字冠冕上只剩投壶者的铭

竹林七贤之嵇康

灯火钳口结舌,逼出铁的闪电
刃沉默,用以镇压尘世之嚣
挥向空中的铁锤
已很难琢中细丝般的投名状,趁热弹回
曾有晶亮的嗓音,落于草莽,杳无音讯
一场落雨惊醒灯火
我担心滚烫的名字经锻打后变成别的铁器
目光如炬啊
铁锤失去翅膀,偶尔驻于灯火的脊背
我看见星辰四溅,最终又似萤火熄灭
灯火像孤立的窟窿,我关心呼吸和吞吐

读 屈 子

渔父以全身远害为道
虽为高蹈之士,却不如灯火及物
渊薮于此,夜有规可循
扶起尘世中谦卑的灯火
杨公立于程门与佐享的雪花,互为参照
纷扬的鱼群里,灯火赞美过所有学仕和雾隐
灯火以己为饵,我看清他的身旁
雪花的卵渐渐绽开,一朵朵玉兰如银鱼
他只猎清香

白 果 之 谜

不同境域的灯火,结为几乎相同甜度的果实
果核中,刃卷起舌头,静如年轮
火焰锋利,却可用来筑巢
白头翁衔来三月高贵的浪花,哺育词语里飞逝的谜底
只有寂静趋于无垠,柔光被看作妥协
浆汁先果肉一步齿及疼痛
鸟喙边,灯火咏叹夜雨,这些银色的谜面溅起琴声
空白如遗忘,篝火之上
所有的空白终将朽蠹

灯火下，最容易想起母亲

与灯火折翼相同
我和另一个自己共享一叶孤舟
雨中，关心在眼角某处刻下的记号
却忘了所求何物
流水如脐带，我从未身执金吾
这片湖水从善如流，但只找到影子
若灯火的分蘖为三，二分滔滔是母性
药性填满所有枯萎的留空
是该起岸了，灯火与每双眼睛相逢一笑
互道安好
雨夜，鱼腹中剑刃锋利如暌别

以一滴酒进入河流

灯火酿酒,河流中诸物皆有醉意
我不是酒徒,只是石阶下封印的瓶子
等雨停,扶住回音
面壁者囚于一口古井,玻璃之耳反光
这可能是仅有的尘世入口
以曲为荷,人间灯火未满
河流暂不署名
谷粒酵夜,糖化更多砍伐
河流磨碎所有曲块,从药里逐渐取出真身
谷子里纯净如灯火,故事是影子的
叙述从波纹开始,清香是灯火的封面
喜欢过的插图,河流也不介意
进入河流的方式无关声音和色彩
酒花密集而持久,要是一粒稗谷多好
内心空旷,有足够的时间倾听

完美意义上的灯火并不存在

河流娓娓道来
她并不急于评价灯火停顿自然与否
每一次转身是否艰辛
选材于火,即忘却雪落
灯火作为谓语吧,谁不时喊上一声
夜仅仅丢失草原,你呀,过分执着于情节
河流卧酒,灯火立说为稻粱之谋,夹叙夹议
隐刺的语言各有色彩
一场雪被另一场覆盖,灯火描述浩荡的河水
不断用月光将自己设为悬念
雪花放牧句中的白马,偶尔脱缰
灯火陷于留白,河流是灯火通往人间唯一的去路

五柳先生说

柳树偏爱旧灯火,一望之间
河流悬鲤于门,我两袖清风以待
柳以骨说话,灯以目叙事,河以鳔余醒
烟火蜷着刻度不断衡量万物
虽不见南山,村野足够牧雪
不比蜂蝶薄幸之名
灯火与柳,与河,与我皆陷于松软的光阴
五斗糙米可供明月,灯火若以亩计
河流呢? 我只买得起脚印
环抱孤念,灯火盈而不溢
枯柳等待的不是河水,如颜公所赠酒钱二十万

灯火与河流共勉

灯火与流水一样不朽,骑着透亮的浪花
伴着一阕阕光阴
真不知道河流欢歌里近似于虚构的他们如何受封
腾空才会洁白,如长卷里激荡的雪
灯火没有什么需要开口,怀抱江山无非是起伏的孤独
与万物共勉,若光芒不碎,灯火愿活在贝壳里
河水不懂推理
时间怎能具体

路灯,另一种表达

我愿意将窗前的路灯读作梨树
从不转身,也不头
身后的山
脚下的河
包括自己,都没有影子
安静地攥紧黑暗,挤出白和甜

夕阳吹亮每个火折子
雪花翻山越岭
打动每一颗果子
干干净净的忧愁立在窗口
像昨晚高悬,洁白的孤独

《十面埋伏》里听夜

河流两栖，白天用鳃思考
夜晚肺泡里进出整齐的氧气和记忆
从光里取走隐喻
流鱼和驷马还不知已被编入此曲
河水出听，灯火仰秣
夜的暗孔借万物之喙
河流，灯火有童年一样的蝉衣
箜篌从引，夜放生所有动静
隐喻内词语之焰飞出鳍，跳出蹄
摒弃生根，捐弃缰绳
卧弦预设如星的诘问
透明的回声，点燃十面埋伏后
我听见水草锋利的呼吸

坐 而 论 道

谈论灯火,总是想起杏树下的雪人
可能是白发擦亮的那座树墩不懂得融化
雪人是空的,如灯火相忍为善
河流应该不知魏晋
否则藏不住汉唐幽默的雪花
面对植灯之人,反衬雪花的盐白
羞愧无解,不敢轻易将雪人用于封面
灯火内,胚芽为雪人捧读河流
骨架有水的坚毅
凝视一场雪,爱上一粒灯火,怀抱一条河流
都是一种归途

五月,除了河流,田野饱满

灯火下,河流不觉穷困
一团团,一朵朵,如庄稼卸下仰望
谷雨,春天从容不迫的部分在田野
蛙鸣表里如一,萤火虫被吹离灯冠
河流尽头藏着玲珑剔透的孩子
眼睛里流过月光般的丰收
木桥止步于未归的群鱼,影子是来认亲的
不难确认,这些水生同类各自闪着微光
灯火继续饱满,每一粒都是众多灯盏中
无人担心的麦穗

海 滩 别

"惊涛隔断来时路,风吹落叶不归根"
大河所听,即为吾歌
大河所歌,即为吾心
语言乌溜溜的深处
氢和氧运动,纠缠,校正
"止默"于一场诀别
再想到灯火,自成角落。在语言中完成
对万物的拥抱,望桩在岸
乘鹅毛而来的你
像一条待字闺中的河
勿妄,勿念,"草木之所以献出双眸
只因她要代替万物起舞"
我们看到的只是社会意义的部分,不包括情感
透明的语言虽能穿过容器,巢湖,长江,大海
却不如蒲公英药性盈满
虚无主义体内都是大河汹涌,诚如灯火

夜读再遇灯火

灯火食素，须齿如云
暮晚潮涨，白日放歌
霞腮如此清澈
河流在灯火下沉默，饱满
故事出走后留下核，灯火反刍夜深
文学向度中语言闪烁，完整漫长的天空悲喜交加
谜语逐渐变甜
果子里爱情最小，文字中世界最大
因为最初的秘密，最后的谜底
只有她们知道，却不说话
埋下所有情节，待发芽的溪水路过辙鲋
可爱的也许不是灯火，河流，果实，文字本身
眼神的一次穿过，留下旋涡弹孔

灯火下读海子

黄颜色多好,在灯火面前,我们虔诚而荒凉
深渊无限,回音绕壁时我听见呐喊
不需要硕大的佛像,一片白云即可安慰孤独的头狼
无言,是经幡散尽了羽毛,是德令哈小城吹散的影子
镜中每一阁神龛里,灯火体内滚动着巨石般的盐
熬煮着丝绵般的铁
可白马的母语是战鼓嘶鸣,骨骼里的飞瀑反复呼啸
狼视骨为佛,灯只是植物

如鱼饮水

"天高不可问",河边松树也生出鳞片
我愿意化身为鱼,背向日月
接受长喙的不对称
松子落原来是个反问

因为松针放生无数露珠
从而获得浪花悲凉的热爱
我局限于芦苇与蒲公英的遗忘和飞翔之间
心有薄雪,但伸不出落日的手掌

河流不曾有恨,所以从容
模仿人间的衰老,就怜爱河边那些小花吧
鳞片像安静的光,在水下,我可以
提着路行走

清简的香气,青亮的叶尖

野花不愿入水,看倒影缩手缩脚
它不知道鱼儿和松树
相互托付的原野有多广

文字里遇灯火

灯火对河流的深刻阅读源于自由
黑夜如狼群，风雨撕裂暗喻
缰绳？狼群？谁困住灯火？
河流旧疾隐隐的，灯火知道
破译她的心跳，如自由生出薄薄蝉翼
灯火于河流而言，是隐喻于语言的互文
流水反对发光的修辞
每一个文字寂灭，并有浪花被语言点燃
人世间，我反光且哑然
灯火是虚构的，如语言里骨头的失踪
河流由矛盾推动，虚构的骨头里
无数星星露半边脸

落日穿过伞状的黄昏

日历上，蘑菇已经停止植物属性
炊烟隐退修辞，把色彩都交给夜晚
在湖水自传体般的转述中，云听懂伞状语言

我经常会将村庄和湖水相提并论
恰当的灯笼，写意的归鸟
我又经过一个村庄，驿站换马
身后的事物却没有跟上

黄昏有多少蹄掌一样的页码
采些蘑菇吧，不用来果腹也可以
就像色彩不一定都用于防御
除去色彩，村庄只剩大小

归　途

谈论灯火,总是想起杏树下的雪人
可能是白发擦亮的那座树墩不懂得融化

雪人是空的,如灯火与人为善
灯火下,河流不觉穷困
一团团,一朵朵,如庄稼卸下仰望

春天从容不迫的部分在田野
河流尽头藏着玲珑剔透的孩子
眼睛里流过月光般的丰收

凝视一场雪,爱上一粒灯火,怀抱一条河流
都是一种归途

湖雪篇

姥 山 岛①

淳朴,未能阻止松子
我爱上这湖,也不是因为那扔在水中的指环

所有称量过的词句用于一连串季节更迭
落叶像巨大的鹦鹉,翱翔并失语

七层纱衣中,最朴素的盘扣认出了松子
镇纸也好,落款也好

远处的姥山在某种旅程之间
离开端和尾声都很遥远,像随时点燃的彗星

身后中年拍岸,如这岛屿的傍晚
夕阳将这一切固定在一个亮点上

我没有眼睛,湖水越来越广

---

① 巢湖中最大的岛屿,形状像马鞍。

所有人都是自己的船夫,若忽略过程
请留下声音与骨骼

仰 止 亭

再次提到黑池坝,蝉鸣如雪
对于艾草与桃符的拜谒
仰止亭像褐色的鸵鸟,不愿被人所借
握着斧凿的木匠一定是在捕捉什么
铁门之限薄于目光,隐者小于落叶
湖风吹起几片蜷缩的水系
我轻轻拾此马骨,只为蔡州不空
听,若旗亭的歌声还在
明月可自顾饮溪,饱腹而已
苦楝树听惯了月旦评
语言的折射里只论流水
我,顺手扶住擦肩而过的秋凉

遇白石道人

生活如蚌,明日将禅让于雪
赤阑桥旁,道人与河的故事(或者梵音)已糅进世事
孝肃桥,古井桥深吻玉牒
一路押运星光至此,盘缠够吗
露珠万贯
灯火与月亮互文,你不是陌生人
只有陌生人才担心山色颤抖
影子为捻,破土而出的人间里绝句流淌
两岸慈悲,像精心携带的辎重
耳边的崤关在二十四道伤口处,接连失守
关外群山似夜

唯 有 雪

唯有雪，让孤独可见
梅花御览后，一一朱批
敕令如铃，六百里加急
人间对仗，骈句的雕琢下
万物接受招安
雪地碎落几只黑鸟，处方是给众人的
故乡抽出我，雪花六棱的锋芒
我却用来思念
其实只是一面旧鼓，空剩前后皮囊
谎言亭亭，与时间的降书，敞开吧
影子在落草前，早已理解雪
为何杀死心中之虎

皆为破绽

五指如果为山,掌心的湖泊被雪花点燃
刺配一条河,谁能锻造这块玄铁
拇指向阳,山阴里相似的暗喻都以草木为本体
我是池鱼,揣着火苗
弃城里的草芥来路已丢
只怕群星在黄昏设伏,露珠柔软却入骨
对野花偏爱,遂以雪为名吗
岛屿像祖父豢养的叹息,熄灭后
才看见每一粒雪花体内河流站立的姿势
唯有四维之雪中垂直的破绽不可见

安静与思考

论及安静,河流热爱雪花形而上的表达
论及思考,"雪花是谁剪下的词语"
河流先于语言
雪是一条河的伪装,没有雪
河流是唯一的声部
其实没有词语配得上雪
我不止一次
试图把人间内部的哽咽唤出
等待一场雪,用上了整个民族
可一朵雪花养不大白马,一匹误入脖颈
雕花的蹄印嗅到栅栏
水面收起翅膀,打盹的羽毛,醒着的名字
虚构的白色宫殿
你,模拟鱼群,我愿做饵

爱屋及乌

雪花有教无类,填补人世平仄
当河水被教唆成狼,牧草里
藏着待产的群羊
这些瓷器里孵化的蝴蝶可信吗
河流独唱,牧人的影子也喜欢群居
在大举点燃的白色中,别谈及操守
爱屋及乌吧,所有的白色都有亲切的籍贯
如果告诉你
雪人只是众多动词参与志异的谜语
那么雪花是河流中折翅的铁
锋利的部分如岸上的人间
生死皆是抄袭

梨树、雪和我

屋后那尊立佛,只为等雪
一种花开与另一种花落
一次相聚与另一次离别
儿时,你是爷爷鬓角的白发
岛屿用时间淹没大海
此时,你是夕阳下化缘的真身

空空的钵盂曾经装满鸟鸣
叶子懂你
果子懂你
我喜欢看着雪
雪喜欢拥着你
尘世间,我们互相取暖

雪 地 里

像湖面托着扁舟
乐意被一朵雪花摁进尘世
雪地里,巢湖是人间的气孔
四顶山,十八联圩,罗疃村各自冬眠
道路游动,人群吐信
等待生活的白爪,拎起我的鼻息

峨眉山的雪

一朵云里纯净的种子
才配与峨眉山谈论河流的甘润
其间一粒落进爱情
羞涩湿漉漉的
更多的,把空灵还给流动的时间

远峰白首
妹妹,你立于佛前
是哥哥今生抽中的上上签
雪还落吗,不停地
那是思念反射的佛光

下 雪 啦

诗人站在人群中朗诵
一朵朵花儿踮起脚尖跳舞
天边的小河流几天前碎成星斗
一群群羊羔,一对对翅膀
都在诗人的睫毛上跃动
羊羔告诉诗人:
太阳在大山后面垒窝
翅膀下,星星喜欢翻跟头
它们像金色的词语
带着水蒸气,从缝隙里迸出来
闪着晶亮的火花
它们更像纯净的影子
唤醒每一处慵懒的喉咙
大声吟唱纷纷扬扬的幽默
直到所有词语的偏旁
都是两点水

诗人就该站在人群中
整齐地穿戴
看最干净的闪电
读最透明的诗歌

临湖述秋

骨头来不及爱上一场大雨
一条河,便从眸里滑落
芦花的闪电喷涌细小的原谅
我在巢湖的耳朵里,被北风灌满
与浪一起放逐的
还有变形的夕阳
凡有生命的
大抵都会如此行走并反光

已来不及梳洗白马
卸鞍姥山,自愧无鱼
不敢转身
生怕长进心里的刺在雪地里发芽
临湖观天,不知
随身携带的井该放哪儿

静 夜 思

水鸟挑拣最先凋谢的月光
一缕一缕筑巢
河流越瘦
秋风誊写在枫叶上的药方很苦
一枚卵石供出猜忌

悲欢,在芦苇的白头上
轻了五钱
时间收起利爪
明月如鸟
水边不应有恨
孤独似河
几株野生的星星绽开花瓣
为我体内数条支流寻找出口

村居篇

春天会来到糖果村

嘘——先别出声
茅草要读她写的糖果童话
翠绿色糖纸里
文字软软的、绵绵的
长满蛀牙的小溪
好久都没吹出泡泡来
我们却攥着一大把
任凭口哨在舌尖上撒花儿

静静地守着每一位小骨朵
蜜蜂说——春天，请进

奶奶嘱咐我：白云最甜了
牛儿吃草其实就像我们看云
我真的不太明白
牛儿卧倒的时候
嘴巴为什么还在不停地嚼

是因为它一直相信春天越咂越香吗
我们举着柳条，在风里奔跑
没事就咬一口云朵吧，别担心
吃饱了，也不会飘到天上

村 边 合

你看,一群自我的金沸草
不会告诉夕阳,名字里的颜色要喊出来
叮叮当当,像用旧了的犁铧

空白之处要表达,泥土就请来野花
不必抬头,一面镜子里除了雪花可辨
都是寂寞的翅膀

种一棵树也好,木匠和铁匠的对话
遇水就要发芽
母亲在院子里拔草,却从不碰那些小花

这更像是一种怀念
精神的河流前,我们在上游
谁又能记住每一个浪花呢

回忆使用了房舍的形状和婆婆的容颜

突然知道野花的名字,像忘记一位故人
这时村庄寂静,像一只白鹤
随我们飞翔,却不带上草本类的身体

那亩稻田

十二月份,大伯开始关注雨水
空着肚子的那亩稻田
是给土地养膘的
一月份,他在病房看雨
说雨点的尾巴不见了
就会变成米粒儿
二月份,他在稻囤旁
支了一张床
越来越像一粒干瘪的稻谷
三月份,他剥开一粒陈谷
我和他一起嚼
像星星嚼着黑夜
四月份,父亲和爷爷
泡了更多的稻种
大伯膝下都是一年生作物
五月份,秧苗呱呱坠地
那亩稻田蓄满细碎的雨滴

绿色逐渐淹没大地
伯父享年45岁
我终于明白:稻谷还可以用来止疼

夕 阳 送

是在夕阳右侧打结的点地梅中找到暮色
自省逐渐辽阔
左边蝴蝶路过,已经适应反复延误的拒绝

此刻,只有花香是警惕的,旁观者正在辜负
花瓣顶部挂着风,落日铁质般的沉默
超越黏土砖缝儿里的黄昏

有愿望是被允许的,母亲灰暗的翅膀下
护住肋骨上错误的反光
不要太靠近落日,我们无法像花一样繁复

谁喊醒一粒种子,我怀疑过苦痛
就像落日下虚构的湖水
转身又是一片荒芜

白色被闲置,声音开始泛黑

一些意义注定要放弃,送走的,迎来的
等影子灌满药性,等落日回到左边
吾身悠远

秋 行 圖

给一人写信,用一处塔影
告诉她,牵牛花和月光浅浅的安静

湖水从梦中走来,像悬在檐下的空蜕
露珠低低地爱着紫蓝

哲理,应该是雪花的事情
我知道时间的褶皱很容易被一朵花占据

湖水慢下来,更多时候,我是自身的羽波
像雨后的蕨类
还没有找到自己的湖,虽然一开始就铺满了月光
恰到好处的只有这园子

母亲将炊烟盘进发髻,喊我一声
像时光的影子砸下一片柿叶

可晾晒的谷物越来越少,心事都去开花了
我一次次想简洁地描述远行
像牵牛花绕膝,用一种颜色满足
母亲心中奔跑的木栅栏

篱 落 疏

这些肋骨不说话,母亲给蔷薇开了一扇门
菜园里每一处关节都在手上痛裂
抽出湿漉漉的影子,只留下花朵
会不会减轻一些

结绳记事,篱笆却不求甚解
踮着脚的那几株正与鸟儿交接黎明
炊烟提起一桶井水,浇灌这耳顺的院落
想听声音,母亲就鼓掌,总有一个瞬间回应

蔷薇不是外人,心事都在花籽里
木荆条胆怯,不敢离开任何恩情的缠绕
编列后,内心搭建的怀抱无限大,自己无限小
拆开月亮早熟的锦囊,虫声荡起小舟
母亲扶着门,等火焰都归于灶膛

野 亭 老

矮柿树在园后已修炼成亭
落日,我们都是袖珍的钟
檐角挂满明如钟声的秩序之美

埋入舌根的甜,像深爱的日子
时间迷人的小脚印变黄了,凋落在地
黄昏绕着橡柱,不忍相踩
小心翼翼给亭身披上一件长袍

树痂安静,像自然的榫卯
母亲用温水从果实里汲取出酸涩
浇还给柿树,像完成一次轮回

这座木质野亭,反复思考绿和黄
是母亲深切的凝望里七亩三分地的模样

瓦屋村志

乡愁在锡箔中灌浆,水生的胶囊熟了
听"北刀"清脆,块茎的薄片各有锦衣之名
重阳饮,明月与补丁互为药片
芜杂而隐蔽的根系如老马坚守
田埂上野花稀疏,像蹄音渐碎
杨柳是管不住离别的
乡村啊,略比井口大些
炼丹的柿树赦免每一处结绳和木桶
小池蛮荒的心跳,还剩多少聆听
空白如夜,缄默如药
方言入耳,谁推开捣衣的枯河之声

月 光 烈

裂开的不只是河流、铁轨、高架、彩虹
除了眼睛,剩下的全部是黑夜
几株桃树,绽放一环光芒
我试图爬上井口,又不断滑下,幸好
有这些重瓣的雪花同月光一起敷于伤口
远峰白首,月下你如帆影
如河流,如纤绳,是我今生的上上签
竹篮空留几枚花瓣,一生啊
我该学会呼号

入　口

杨柳风以为松开绿水
桃花便会落满木桥
南山的信马忘记等待白云摆渡
西市的鞍鞯等不及冰鉴磨淬
寻觅的人不知陶公未曾留有出口

桃树开无色的爱恨,结无味的聚散
花果算是生活的补记
每咬上一口,就会生出一条河流
我不从南阳来,也不标注记号
只用双眼换一只木船
春风似桨,流水为媒

便 得 一 山

西固有山,与夕阳相误,我的神啊
山扔出几只鸟儿,然后像火焰熄灭之后的平静
曲桥、四角亭牵着河水,时光盘旋无声

沿途木槿和杨柳肌肤明亮
他们倾听每一次凋零,拥抱每一粒鸟鸣
然后端起春天一饮而尽

羽翼下人间还是温柔的
你走后,趁雨水来临之前
鸟儿藏好了明月

问　　津

牵着你,我们是瞳仁里纷飞的燕子
港湾瘦去,潮汐里剪不断明媚的背影
怜惜一颗闪亮的露珠老去
若不设主角,湖水则更加清辉广阔
一切跳动都应有白色的胸怀,包括欲望

此刻桃花无言,剥了壳的月光沉落庭院
季节用寂静的独白完成对人间的思考
所有星星——目光举起花朵
我打听果实的台词是否过急

不如住在时间里,时间则住桃树上
雪和桃花同样背负天阔,我宁愿在你身旁
一边种树,一边等雪

百合的反义

一朵花进出
与一道道门开合都有洁白的野心
她剪去吐信的蕊
这样的忍让和放手
比我喑哑的低头要果断

薄脆的光终于还是暗下来
每一片飞吻摁住的瞬间
然后坠落如星
谁也不用试图扶住迂回的灵魂

反 幻 方

一缕炊烟的须根啄醒脱水的皱纹
风试图取出浪里的疼
年龄虽不在火里翻滚
壳里的数字每年都要裂变
安排在矩阵里的我们
密度越来越大
何必相等
道路、河流、炊烟三阶容易大同小异
渡口养风,河流里文字如盐
逆流而上
一颗颗告别眼睛,空留四桨

辟　谷

外婆晚年更像稻草人
帽檐下的眼睛、嘴巴遗传给了母亲和姨娘
我愿意相信那是最纯粹的辟谷
放生一切脾气坚硬的种子
包括一只乌鸦的聒噪

夕阳穿透简易头颅,镰刀饿
笤帚消瘦如鸣
是谁慢慢抽去脊梁
一口井倒下,因为绳结不够多吗

成 群 状 物

尺子在书桌上量出白色逻辑
自备刻度的傍晚担心一种描述
跌入另一种描述的旋涡

因反叛之心,决明子摧毁一切所见
自板桥河病愈后,笔却因蜕皮而偏瘫

考虑到词性,夜晚在风中褒贬不一
在窗户四边形的思维中,倘若不计损耗
畏惧似忘了敲门的落日

马远笔下,无数采蜜的工蜂返巢
角落里,糖和月亮从 A 点到 B 点
相向而行

出于对每一扇矩阵涟漪的尊重
我选择置身事外
橡皮擦去痕迹,也连同自己

蝉 蜕 与 瓷

公蝉的腹部都隐藏一个巨大的禅洞
操着口音,风吹向五官端正的佛
无论身处何地
白云是眼睛的飞鸟
蝉蜕,袈裟,釉质
瓷器与佛一样止语
敲击木槌的是谁
以刺吸式口器喷涌
指纹、禅经或翅膀

旧 渍 如 悔

夏日仅剩下墙面的补丁
时间刚呼吸一次,又被摁在水里
另一头浮起夕阳、星星、鸟鸣

落叶洗不尽寄居体内的痛风
唯物主义的眼睛却经常挨饿

迫于一个比喻要离开本体
承认河水是一种姑息

草叶把露水磨尖
旧壳里一些词语正被发配

白色对襟直裰如何阅读
再犀利的苏醒都是木乃伊
我是空杯子顿悟前裹紧的绷带

椐 木 列 传

椐里有木，门卫村西
梦中总见那两棵树的脱落
像时光齿轮上被卸了的牙
翅果微苦，大智若愚
我们皆是故乡的核儿
在这里，到处都有替身
椐木淡黄色的花，扁平的圆叶
去皮的刀早已捐出刃
枝头的雀捐了舌
沟壑哑然，入口远小于出口
涵洞内星辰折叠，谁掌管这道伤口
钩月无象，偏爱秋凉

花生演义

雨中的北京路旁,空旷尚未完工
灯光和花生是失语者的章回体
读着呢,许小河以德化民
无论焚香,还是操刀
一队身披甲胄的兵士转世为鱼
三五成群,这时水呈天下大势
鱼只是走投无路的磕绊
在鳍忠心不贰的摆动中
旁观、亲历都是肉体的表达
剥开瓮城守军的鳞片,麦城外灯火无辙

桔槔原理

坚持用铅笔源于胆怯，随时准备低头认错
坠石悬于其后，引舍俯仰
提起过最短的叹息，也提起过最长的河流
当螺旋式的支点逝去，月光缓缓从额头拧进心窝
杠杆旁的使君子花和路名一样小
我还要继续汲取汗珠，建造白色的屋子
养白色的战马，煮白色的盐
这一刻，浑黄的姓名七上八下
谁大力地喊我一声呢
相对的平衡只是绝境

为 石 头 记

有壳类软体动物,剥开弧形的时间之蹄
我寄居于此,弯曲的不仅是叙述方式
这行将熄灭的火,需要一声呐喊
水草多好,如故人
嵇康还有钉掌的铁吗
竹林每每悬月为镜,引流为鞭
剪鬃束尾,我只是叹息的坐骑
轮台虽远,风已罪己
袒露麦芒纤细的苦难
尖脐后盛产语言
等待掀开,还是省略

不 辞 而 别

那年的雪,最终弃了人间
等鸟儿走远,草木才忍回首
睫毛簌簌,鳞片剥落
我寄居在一棵银杏里
见惯了不辞而别
静静地念白,花朵预见
呼啸的结局

更多的白,从夜里来
黑是蜷缩的刺猬
灯火撑开肚皮
每一次闭合都有曲折的阵痛

声音,没有规则
洁白的歌声在耳郭里融化
双筒猎枪扳机闪烁
却已射不出溪流

钓

"子美兄,已经四更了"
"陷阱愈深,月亮愈锋利"
"山风随意,把鸟鸣搓成饵"
"水边的孤影,最容易上钩"
"那么多颗星星,都有倒刺"
"霜在你的头上漂泊,白在你的两鬓落户"
"人世如江河,我是其中最瘦的一条鱼"

九月初十

秋风起意，月亮绷紧佩弦
射程之内的人
既期待箭镞的质地
又幻想另一具被穿过的身体

所有爱情都是一场火灾
猎手从箭囊里抽出星星
一只眼睛就灭了

人间如此明朗
月光锋利，寒露箭无虚发
秋凉易瘦
惊弓之人

重　阳

秋风从羽毛里,毅然拔出
金黄的清愁

漫山布施,热烈的骨骼
仿佛这几亩薄田,赠予天下(或者"五湖")诗客

如果野性的颜色
在关节里酿雪
高处的石头与人们不必相互取暖

傍晚,落叶
庙墙,拧干的日历

菊花始终缄默
她绽开的张力挽回所有的凋零

草

火,是一种旗帜
一次顶针
一群无形的野马
他们来自不同的种群
吃一样的落叶,唱一样的歌谣
他们朝一个方向,燃烧
像极了野心

我们篇

洗澡时想起弟弟

加了我体温的水
你还洗吗
像我穿小的衣服
在你那重新穿了一次
切断我和母亲的槛
你也要跨吗
像从我身上剪断的脐带
重新长到你身体里
脱光了,便想起弟弟
我的后背
你比我熟悉
我在门里,你在门外
风能关得住吗

致 宇 轩

行医,嘱以短句,深潭善熬冰片
我空如镜悬,怯于照查
那日,傍晚在河的角质层上阅读
磨损的是火焰还是手稿
我看见一条河与另一条在方言中奋力挣脱修饰
河流想象的宽度遵循"偷梁换柱"
草药味的两瓣月亮
赤兔和方天画戟都说听见了
夜落枕不是因为河水,也无关睡眠
是我们将所有的复活都寄予河流
除了无尘服、豌豆花
棕雨燕未来之前,你身边只有汉唐
分水岭开满野生的词语
一条鱼要被发现,你愿意伐下一整条河

预言兼致巨飞

大剧院停车场本质是清冷的
自由的不是灯火,是无处可去的喇叭
月亮致力于公益
同有缘的梧叶紧握,我徒手触及了真相

包孝肃公祠的界碑属性奇妙地提炼出
黄昏和人间
门敞开着,如同预言
黄昏在左手边,月光之下
走过梧桐树,人间才会有落叶

描述又无处不在
"哭无晨之昏",崇高的寻觅,当哭
改天和你一起奔跑
你提着微光,我骑着小煤桶

门柱在更大的门中,我着迷于方法

在七楼之外,我还不知道
更远的土地是岛屿或者山峦
"这些携灯夜行者,显得那么匆忙"
灯亮着,人正与门逐一解除关系

读《在这里故乡,在这里世界》感

最后一粒雪重于稻草
一条河被姓名和流速的矛盾压垮
像语言被说出来之后,就已干涸
剥开河流,取一条成熟的鱼
你答应我煮鱼,就像月光答应湖水
我们爱的都是无法描述的部分
我们都爱河流,却又不忍拥有
融成水,铸成石,可又无法独自供奉
闻如是,湖水是这条河的结
用来反刍一个人,一件事
你先是领上积善的雪,人间旋涡与深冬
止语在雪白的通彻处

再 读

在杨店,时间有液态、固态、气态
河流凹陷、隆起、泛溢,夜雨中
嫩韭又该剪了
是谁把村庄切成薄片,药方缺少一味炊烟
须根攥紧黏性越来越小的未知,等待
敲碎云黍,湖水懂得干涸是难愈的慢性疾病
好在你眼中野生的河流枯荣有度
黑色棕雨燕身后,天空、河水隔着黄昏
落叶接住翅下的忠贞与黄金
适合抬头,事物之所以被命名
是防止被据为己有,赐金放还的河流
献出丝绸一样的星空

读《短句》

岭上的麦地青了又黄,多像河流持节凝望
今天你又写到湖水,无论忧郁还是快活
湖不为某一人瘦削或丰盈
你只是担心湖水如时光
与周围静物达成默契,是湖的清醒
孤独是动词,却不会鸣叫
当月蹄如锭,踏飞湛蓝的龙雀
闪烁的,是你的心跳,短句无缰
这里世界,这里故乡,这里可卸戎装

再读《短句》

除了天空,湖有六必可居
你热解的短句多孔
嗓子里能喊出淡淡的炊烟
我多次想
吹亮迎亲的水井,叫一声嫂子
雪花作为纯净的回礼,是湖水
感动了所有的故事,你披云而立
重逢与分别融化之前,湖已成佛
巢宽下
你听到沉默,如骨,如羽,如雪
如雪柳孤独的白
你在天空养鸟,得到蓝
你在湖边种草,得到药
你写短句,得到包括自身的所有

路　　过

第三人称用来逃避
原初的木门外无人懂得蔷薇
她并不想一下子被人认出
出生时，花朵或许曾意识到日后的废墟

自知身在何处，石门枕无意谈论永恒
你到家了，快去看河岸边
那鱼肝油似的灯光吧

自传体陈述攀墙而入，茎刺不比花朵
尽管诗人也来不及给每朵花取名
灯火微弱的呼喊中，大片时光
劝回一个个故事，故事不会凋落

为君而开的蓬门、蔷薇、语法
还有四月的巷口，总有一些事物是静的
我们偏要用动词

反问也是另一种逃避吗

蔷薇仍要开放，茎刺更为敏感
我们都生活在别人的灯火里
幸好路过许多以花为名的事物

天桥遇雨兼致超君

电信人行天桥上，我尝试
历数让人着迷的蓝鞋子，匆忙的
不言自明的事物只对光抬头
如比喻偏爱浅白

朋友嗓音低沉，善于挽救落日的霞光
用每一小片蓝拓印抽象的众人
我们在生活的细微里，与虚无对称
时间不断调整坐姿，芜湖路边
法梧惊讶于变形的厌倦
又似头顶漫步的怪云
白天走得短，夜晚走得长

谈到刚才的雨，所有鞋子都选择了顺从
只有蓝色会融化
傍晚最先抵达树梢，其实只是重复
雨点儿和小鸟的抒情

既然"我们的蜡烛在正午造出了黄昏"
那么就抖搂蓝色鞋里的沙粒
听桥下,高谈阔论

关于光芒兼献何先生

发光的不止护城河
那草地上耀眼的童年
那搬了无数次,还会有
"门铃撞击太阳穴"的家

大东门与包公园之间的距离
刚好容得下一辆轻轨
我拥有断章的生活,取义的事交给灯火

梧桐树荫下,时间先行获救
鸟儿其次,再就是我
像老房子的几片瓦
家乡的时间范畴里,容易找到
熟悉而清亮的名词
如候车牌的提示

秋天还没开始之前,我要尽快

爱上这几百株梧桐,生儿育女
"低声说死,高声说生"
车门与梦境相互约定,一帧一帧
取走时间的返程

时间和空间的壳里,我勤于思索
回答文字里同行者不断的追问
像木桥回答流水的,只有
夹角处卯榫原始的光芒

与 己 书

父亲节,首次收到一朵红花
我把多余的天空剪去

留下一朵白云
署名也好,做栅栏也好

我不出门
只关心红色和绿色

你们来看我
我只认羽毛

比　邻

夜晚空出右边,星辰各映松窗
左边呼啸,另一群灯火在追逐影子

忽明忽暗的速度中,无法看清更多事物
我斜着身子奔跑,听
火车穿过隧道,灯火挤在一起
嘴巴微张,像缓解耳鸣的苦瓜子

我无法把左边的事,完整地转述到右边
风完成一部分,另一部分等待走投无路的人

眼神擦肩而过,却不是相遇
似拔河,灯火深如蹬坑
耳朵里的痒活在左边的刹车声中
右耳是磨刀石,月牙的形状

相　　遇

呼啸在黑暗中相逢
从站北广场地道里走出易燃之物
关节处一根根枯枝折断
燃烧后,只剩下回音

影子的神情没有丝毫改变
有人扶着墙,磕鞋里的沙粒,甚至掏出鞋垫
像磕出影子里的眼睛,再塞回尘世

幸福的火苗挽着幸福的火苗
爬山虎点燃体内柴薪
替我们探出头,寻找合适的喻体

火车被抽空的应该不是爱憎
她是一个活在我们身边的陌生人
那么多脚,窃窃私语
光阴被赞美得火花四溅
像燧石碰撞

破　　惑

火车站棚顶翼展从未收拢
以供列车滑翔,所以不宜悲伤
它们不再是鸟,不辨故土,不辨异乡
也无法安慰彼此

没等变成鱼,横风就把影子赶回列车
"哐当"一声,悬于空中的清晨
一瓣一瓣剥落,昨夜
谁又不是在黑暗中独自活到天亮

至远郊,它们大多搬离地面
单像一条尾巴,见过遥远的星星
我对她的幸福深信不疑
她大声呼喊,却不期盼回音

不见羽毛,也未见鱼刺
八根为鸟,十六根为鱼

出站的人们行色匆匆,栏外
我和爬山虎一样清醒地看着空骨架
却不知如何解释刚刚消逝的部分

识　认

列车不断提速，避开人间悲苦
铁道尽头没有事物是伤感的

朝阳里的草木，月光中的薄雾
我赞美过很多，它们各自美好
只有左边的铁路、右边的星湖与我为邻

相处许久，仍然需要一盏盏灯火
才能彼此相认，像欲言又止的目光
看见多年以前的泪水从叶尖滑落

一个站名晃过
白色石牌上一声黑色叹息
底片上简易的生活回到色彩里

我知道，所有发光的麦穗都是幸福的
即便有的颗粒不够饱满

也应该向陌生的事物问好
长鸣是月光隧道
对应我们悲伤时情绪的出口

释　怀

我在新蚌埠路桥上放牧
训练三只绵羊:越冬,进退,忠于尘世

桥醒着,看数匹白马用灯火果腹
时光团成一滴,弹回生活的轨道

莫须有,鞍鞯不如换成蝴蝶
我不会与正在远去的事物殊途同归

蹄音困在站台巨大的钟表里
光合作用下,羊毛蜷起来的痛感
让所有小草心虚

羊群之间,蝴蝶清扫过的空中
开出白色小花,不要试图找寻答案
搁置久了,疑惑要么生根,要么快马加鞭

绵羊眼中的事物大都是白的
像灯光一样盲目,我有一个儿子
没事,就带他坐坐火车

三岔口等雨

河水需要有人为她停留,尤其交汇的时候
一条河还没来得及与另一条寒暄
她们能有私事吗?这与道德无关

规则一直都在。河流只是忘记蜜蜂
月光是枝头的火苗,请保持耐心
野花熄灭后,春草不分贵贱

"年年春色为谁来",我腾出困顿和无望
拥抱一条河流时,她已起身
鸟巢微微金黄,我看见有瓦蓝瓦蓝的翅膀

然后,一场雨接着一场雨
河流从冬天辽阔的沉默中上岸
说出大片大片麦田

写　怀

越来越密集的河流、灯火
出现在清晨与黄昏
更多的水在欢笑
灯火却四散他乡
这些慈悲的袈裟、光明的头颅
以及瓦砾中的我们,都保持旧时的花纹

庭院无须打扫,仔细听
星辰高远,露珠闪烁向上
锦书一直等待蜂蝶
蕊中获救的春日旁观者众多

若雨水敲门,我会慨然应允
像迎接料峭春风中的云水僧
身后一排倒伏的嫩苗
正慢慢挺立、返青

谁来拆这封信
像打开远山的翅膀
整座村落贴空飞行
平声灯火来读，去声河流来读
雨点和我各有水系
偶尔直立行走
参考万物的结局

大 音 希 声

离这条河越来越近,被流水处理过的耳朵
似乎才能在鸟鸣中站稳
安家于此,是因为听觉一直遭受修改

不远处,白马山膝盖里的酸疼藏进河湾
我听见时间啼叫的冰凉
像回形针一样反复

如果可以,愿成为其中一粒
作为个体,参与声音的激动和平静
以及从事物内心取走的东西
若在群体中旋转,那就像一支琴曲
取悦每一弦波纹

回声会路过窗外,捡拾无家可归的记忆
为了掩盖月亮生锈的声音

钥匙在黑暗中打开门锁
忍住越堆越高的秘密

刻 舟 求 剑

很容易相信这条河
她不断地转身反对自己
不让她的辽阔和热忱干涸

有一瞬,她只一跳
抓住星子,装满,然后耗尽
浪花的手指释放碎沙成群,建造
露珠为堤的两岸

她疲于呼唤,我远在清晨之前
那儿有光的迹象,没有船
我听见一个记号被挽救,闪亮的
剑身从声音中汲取源泉

我是她等待的一只鸟,看住火的沉默
看住一个岸与一个岸的聚散
看住过往船只的伤口,相互咬合

后　记

　　巨飞兄批评我近期的写作:要是再不离开河流与灯火,他的耳朵就被迫选择性绕路。他是我的镜子:河流故意从偏僻处来,却又往人群里去。灯火反之亦然。

　　在宇轩兄湖水一般的语言中,他如同岸边的一棵栎树,静静地面对鱼龙,不作评价,偶尔借果实回答浪花的诘问。

　　我始终在寻找入湖之口。一次陪母亲在河边散步,忆起从村子里小河埂上的旱地收获花生。但直到辞乡,我们也不知道河的名字,更不知道她从何而来,将去哪里。我懂得多种花生的做法,竭力于在河边安家。淝河与巢湖交汇处称为施口,也许淝水的城市属性过浓,而我的籍贯只是最大的支流。日之夕矣,三岔口(店埠河与南淝河交汇处)驳船轰鸣,北望原野,我渴求反哺的灯火。

　　来年,大概是在九月,河流、灯火、田野届时应该都是饱满的。房子足够大,一楼,屋外种柳。店埠河独弦妙音会镶嵌在窗外。泉眼无声,灯火无眠。邀三五好友,沽酒说河,项斯也会在灯下驻足吧。灯火是同一片水系的鱼群,所以,铺路乱石一样的生活终于有了名称——"六分半"。我喜欢这个总结性的自嘲,这条河边既有透红的覆盆子,也有与之共勉的朝阳。

环湖骑行过一次,两次同家人驾车环湖,无数次临湖抒怀。也曾拜访黑池坝、仰止亭,甚至爱屋及乌,连蝉鸣亦如雪花。先前,与其说借雪花的安静反思,不如说借雪花覆盖皆为破绽的十年。越是喜欢散淡的,内心越是五彩斑斓地纠结。

宇轩说:在这里故乡,在这里世界。故乡有成群的事物可供摹状。眼前,寂静却是最结实的篱笆墙。爷爷、外婆、大伯……还有两棵连体的椿树,他们都记得九月初十。像离开时的那样,我们也许不会回到故乡。与新生的事物为邻,同陌生的朋友为伴,最终在湖面宽广的夕阳下,在如卯榫巧妙的灯火里释怀。

真心感谢支持我的朋友、老师和家人,感谢出版社编辑。

感谢宇轩兄不以弟卑鄙,倾力赐序。

感谢李云老师力透纸背的题字。

感谢所有的读者!